KB060170

청어詩人選 408

삶은 강렬한 땡볕이면 더 좋다

오종순 시집

청어

서시

독도

고독한 이름 독도
망망대해의 물결도
숨죽이며 받쳐 들고
유구한 역사를 쓰고 있다

이 역사의 장에
동해의 넓은 가슴은
숭고한 자태로 독도를 안으니
그 기개가 얼이 되어 빛나고
위풍당당 독도를 지킨다

용솟음쳐라, 독도야
누가 뭐래도 네 심장엔
한민족의 피가 흐르고
동해의 뿌리 깊은 나무가 되어
세찬 비바람에도 흔들리지 않는
불굴의 투지로 대한을 안았다

작지만, 강인한 독도
새들을 벗 삼아 전선을 지키는
외로운 섬 독도
뉘라서 감히 독도의 이름에
때를 묻히겠는가

언제나 변함없는 동해의 물결 위에
그 야무진 가슴이 피를 토해도
너는
영원히 나라를 수호하는
대한의 아들딸*이다

*아들딸: 독도(동도, 서도)

시작 노트

너에게로 가는 뱃길에서 태극기가 펄럭일 때 가슴이 울컥했다

너에게 첫발을 내디뎠을 때 벅찬 가슴은 눈물이 왈칵 솟았다

외로운 너에게 새들의 친구가 그렇게도 많은 줄 정말 몰랐다

그래서 참 다행이라 생각했다

하지만 가슴 아린 "독도"

동해의 파도는 독도의 등을 쳐서 갈매기를 울게 하고 밤에는 별이 반짝여 준다

별이 빛날 수 있었던 것은 은하계의 질서를 위함이며,

가슴 깊이 출렁이는 동해의 숨소리는 지구의 질서를 위함이다

자연과 인간이 불변인 것처럼

독도가 불변인 것은 수천 년 전 한민족의 조상에서 태어났기 때문이다

역사의 소용돌이 속에서 변함없이 나라를 지키는 위대
한 이름 "독도"
  온 국민은 너와 함께 영원히 펄럭일 것이다

                        오종순(月光) 쓰다

삶이란 굴레를 뒤집어쓴 것

꿈이 현실이 되어 빛날 때 빛은 잡을 수 없으며 오로지 마음속에만 있다

그래서 나의 하늘은, 어머니의 손처럼 까칠하고 빛났으면 좋겠다

무한의 공간에 심장 같았으면 좋겠다

글처럼 진실하고 우아했으면 좋겠다

차례

삶의 꽃이 핀다   제1부

삶의 꽃이 핀다   제2부

삶의 꽃이 핀다   제3부

해설

삶의 꽃이 핀다

제1부

시간은 그냥 흐른다

기쁠 때나 슬플 때도 시간은 그냥 흐른다
누구의 탓도 아닌, 그냥 흐른다
어떤 이에게는 귀한 시간이
또 다른 이에게는
보잘것없는 시간이 그냥 흐른다
인생의 순간이 소중한 것은 이치다
말없이 다가와 순간을 놓고 간다
흐르는 시간을 용케도 잘 잡아서
내 것이 될 때 사는 보람을 느낀다
인간에게 주어진 가장 값진 선물이
무의식으로 흘러버린다면 생의 순간은 없다
인생은 그냥 흐른다

삶의 무게

삶의 무게는 때로는 새털 같고 때로는 천금 같다
사는 것을 어찌 무게로 달 수 있겠는가
무게는 달지 않고 느끼는 것이다

행복에 겨워 새털같이 날아도
힘에 겨워 한없이 가라앉아도
삶이란 무게대로 살아지는 것이다
이것이 사람마다 느끼는 무게다

삶의 무게가 날지도 가라앉지도 않을 때
인간은 평범한 삶을 살아간다

일상이 비에 젖다

공원을 산책하는데 비가 쏟아졌다
옷도 젖고, 몸도 젖고, 시간도 젖었다
갑작스레 시간이 젖어버리면 당황하고 혼란스럽다
비가 우연히 내렸다 해도
시간을 거스를 수 없어, 그냥 내린 것이다
일상, 역시 늘 그랬던 것처럼 시간은 가고
변화를 원하는 자연과 인간도
세월에 젖어 별다른 의미 없이 비를 맞는다
참 놀라운 것은 인간이 아무리 위대하다 해도
자연을 이길 수 없다
일상이 젖는 오늘처럼 사소한 것에도
결국 자연과 더불어 사는 법을 배운다

벤치

누군가 쉬었다 가는 편안한 벤치
휴식이 필요한 사람에게
대가 없이 내어주는 살가움
존재만으로 그 자리에 있어야 할
무언의 약속 같은 것
삶에는 어느 것 하나 소중하지 않은 게 없다
벤치가 사람들에게 기쁨을 주는 것처럼
일상의 벤치도 상황에 따라 가치는 달라진다

철학

소크라테스와 플라톤의 철학은 인간이 만든 것이다
왜, 인간들은 성인의 발자취를 들여다볼까
자신의 인생관 세계관을 이해하는 데 참고가 된다
철학은 스스로 만드는 것이다
사는 지금도 철학이요
무개념도 철학이다
그러나 철학은 심오하고 깊다
함부로 잣대를 들이대면 광대가 된다
세상에는 광대가 너무 많다
그래도 살아지는 것이 철학이다
만약 자신을 안다면 이미 철학을 뚫은 것이다

시계의 힘

시계의 힘은 1분 1초도 멈추지 않는다
저리 바삐 가면 시간도 빨리 가야 하지만
정확하게 지키며 간다
시계의 원리가 반복된 고체 덩어리라도
인류의 원동력이고 인간을 지배한다
시계가 없다면 룰은 이탈되기에
인간들은 바쁜 와중에도 시간을 확인하며
룰을 지킨다

책이란

원하는 바를 찾기 위해 책으로 들어가면
풍당 빠져 끝까지 헤엄쳐야만 나올 수 있다
누가 무슨 생각을 심어 놓았는가
누가 무엇을 말했는가
무엇을 가져올 것인가
책이 아무리 심오하다 해도
인간의 생각을 훔치지는 못한다
생각을 훔쳐버리면
책은 존재의 가치를 잃어버린다
그냥 느끼게 하는 것이다

외로운 양치기 음악을 들으며(팬플루트)

감정에 사로잡힌 이의 율동이요, 희망이며, 침묵이다
음악이 주는 4차원적 세계가
현실의 감정을 파고들어도 4차원이 맞다
아름다운 세계의 현실과 공존이 빛나는 시간에는
이 음악을 듣자
눈이 부시도록 찬란한 이곳에 헛된 자각은 없다
이미 음악으로 승화하여 찬란히 빛나고 있다

신사임당

몇백 년이 지난 시대의 흐름에도
들꽃처럼 청순하고 기품 있어 우아한 당신
잊히지 않는 이름이다
남존여비 사상이 강한
조선시대 여자의 존재감은 0%
품격과 재주는 시대를 뛰어넘는 공존의 타임머신
그녀를 조선시대는 현모양처, 현세는 빼어난 예술가다
처음부터 다 가지고 태어난 운명의 걸작이며,
그 기백이 오늘날 여성상으로서 맹위를 떨치는 것은
겸손과 미덕으로 쌓아 올린 만인의 어머니상이다
시대의 재조명은 빛나고 있다

백지

무한대로 펼쳐지는 작은 우주다
어떻게 쓰고 그리느냐에 따라서
우주는 순수함을 지킨다
오늘날
우리가 그린 그림이 어지럽도록 얼룩덜룩하다면
세상 사는 맛이 안 날 것이다
좋은 것만 그려지지 않겠지만,
매 순간 깨끗하고 고귀한 영혼의 숨결로
세상을 아우른다면
백지는 무한대의 힘으로 명작을 만든다

정치의 미학

정치는 행주와 비교할 수 있다
사람에 따라 행주를 반짝반짝 빛나게 하는가 하면
반면 걸레보다 못한 행주로 만들어 버린다
행주가 일상에 먹거리와 연관되어 있으니
더러우면 탈이 난다
세균이 몸속에 침투하여 몸을 갉아 먹듯이
정치 역시 잘못하면 나라를 어지럽히고
쑤셔대니 흔들릴 수밖에 없다
개인에서 무리로 번지고 고집을 부릴 때
국민들은 파김치가 된다
무엇이 소중한지도 모르고 당신들 앞만 보고
저울질하는 정치인들의 뇌에는 미학이 없다
뇌의 흐름이 잘 돌아서 세상의 미(美)라는 것을 발견하고
하나씩 해 나갈 때 분명 정치는 아름다울 것이다

참선

잠념을 털어버리려 침묵 앞에 조용히 엎드린다
온갖 궁상이 휘몰아치고 자신과의 싸움이 시작되면
엄숙함 속에서 무념의 시공이 일탈을 벗겨낸다
인간의 이기가 너무 두꺼워서 빡빡 긁어도
소 울음처럼 둔탁하지만
결국 벗겨지고 마는 중생의 길이다

시는 가면이 필요치 않다

시란 것이
예쁘고 감성적인 면만 추구하는 것은 아니다
때론 무쇠처럼 단단하며 열정과 정의를 위해
힘차게 나가는 것이 글의 힘이고 정의의 칼이다
시는 누구를 위해서가 아니라
세상을 향해 어떤 모습이든
가장 시답게 쓰는 것
감성과 정의로 인간의 마음을 움직이는 것이다
그래서 시는 가면이 필요치 않다

명화 속의 소녀

머리에 장미를 꽂고
손에 모자를 든 소녀야
앞에 넓은 바다가 있건만
틀에 갇혀 고개 숙인 어여쁜 소녀야
아직 청춘이기에 앳된 모습이
고독을 품어 무거운 소녀야
햇살이 머리 위에 앉으면
무거운 궁상을 털고 나와
바다로 훨훨 나는 새가 되어라
미지의 세계도 내일이면 과거가 되어
또다시 틀에 갇힌
오늘을 살아가는 이유 같지 않은 이유가
명화 속에 있다는 것을 안다

끈

끈이란 물건을 묶는 끈
가족을 이어주는 끈
친구 또는 인간관계의 끈
여러 부류의 끈이 있다
살면서 꼭 필요한 것이다
사는 동안 끈은 끊어지기도 하고
다시 이어지기도 한다
내가 잘못해서 끈을 놓아버리고
상대가 잘못해서 끈을 놓아버리게 된다
관계에 따라 다르겠지만
놓지 말아야 할 끈을
어쩔 도리 없어 놓아버리면
늘 너덜거린다
추스르기도 힘든 끈이 가지런해지려면
바람이 멈추어야 하고 매듭을 지음으로써
역할을 다하게 된다

가로등

암흑의 안내자
서 있어 밝음을 주고
고독에서 빛난다
늘 그 자리에 서서
길손의 눈이 되어 제 할 일을 다 하지만
사람들은 의미 없이 지나쳐 버리고
존재의 가치를 잃어버린다
순간의 빛이 빛날 때
가로등이란 비로소 가로등이 된다
인연의 길이 된다

무료한 일상의 멍때림

일상이 무료하면 멍때리고
삶의 가치가 하찮은 것은 무능하기 때문이다
먹고, 자고, 싸고 단순한 논리가
삶을 피폐하게 만드는 것은 자아가 없다
자아를 잃어버리면 일상도 과분한 것이 된다
시간에 맡기는 어리석음보다
시간을 세는 현명함이 자연스럽게 흐를 때 일상이다

빈 잔

나에게 빈 잔을 다오
채워지지 않은 잔은 채울 이유가 있고
잔을 채우기까지 걸어야 할 미래가 있으며
넘치도록 채우고 싶은 낱알이 있다
인생이 비어있으면 잔을 채워보자
소박한 꿈이라도 채우는 잔에
역경의 무리는 가라
희로애락의 뒤엉킨 생의 빈 잔을
알곡으로 채우고 인생을 논하자

손에 닿지 않아도 내 것이 된다

잡을 수 없는 것들이 너무 많다
실체를 잡으려 애쓰지 말라
꼭 손에 잡혀야만 얻어지는 것은 아니다
삶이, 행복이, 사랑이, 운명이 등등
손에 닿지 않아도 내 것이 된다
세상에 공짜는 없다
노력하고 베풀어야만 가능한 것이다
모든 인간이 같은 생각으로 산다면
크게 노력하지 않아도 이루어진다

인연과 천륜의 차이

인연은 당기면 끊어질 수 있지만
천륜은 끊을 수 없다

인연은 스쳐 지나갈 수 있지만
천륜은 묶여있다

인연은 외면할 수 있지만
천륜은 피를 나눈 것이라
운명이 정해준 타래에서 묶인 채로
희로애락을 함께 한다

천륜은 함부로 맺어지는 것이 아니라서
끊어지면 무한의 고통을 받는다

몸이 굽으니, 그림자도 굽는다

찌든 삶이 허기질 때 몸이 굽는다
그림자도 따라 굽는다
냉랭한 인생살이가 비록 먹고 사는 데만 굽겠는가
정신도 피폐해지면 굽는다
어떤 이유에서든 굽어버린 몸과 그림자는
늘 같이 기어간다
삶에 기죽어 쭈글쭈글한 그림자는 펴질 수 있을까
마음이 평화로우면 펴진다
삶이 펴진다

한강

도심 속 고요히 흐르는 너는 만인의 휴식처다
일렁이는 파문이 소리 없이 흘러도
강을 지나는 지하철의 파장 음은 큰 소리로 운다

바람이 강물을 쓸어내리면
떠밀려서 도심을 벗어나고
강 끝에는 빌딩과 푸른 하늘이 맞닿아
세상을 받아들이고 있다

삶의 진실이 한강처럼 출렁이면 좋겠다
바쁘게 살아가는 이들의 발자국이
고단함을 내려놓도록 더욱 출렁이면 좋겠다
꿈을 꾸는 이들의 꿈이 실현되도록
요동치며 흐르는 강물이면 좋겠다

여행

시간이 날 때마다 여행을 떠난다
당일이고 즉흥적일 때가 많아서 그냥 떠난다
여행은 살맛이 난다
묵은 때를 벗겨내는 사우나 같은 것이다
숨을 쉬게 하는 산소 같은 것이다
인간에게 진리 같은 것이다
사계절을 아우르는 인생의 참맛 같은 것이다
짬을 내어 산과 들, 바다를 가보자
삶의 무한한 활력소를 주는 순간들은
많은 시간이 필요치 않다
짧은 여행도 소소한 행복을 준다

고향의 뜰

냄새가 좋다
향기로운 흙과 나뭇가지에 걸리는 바람이 좋고
풀잎 스치는 소리가 좋다
알알이 영그는 곡식들의 숨소리가 좋고
그리움의 거울이어서 더욱 좋다
앞뜰에 서면
추억을 세는 별빛이 내려서 좋고
아직 내 어린 시절의 꿈이 자라서 좋다

카페에서

바다가 보이는 카페에서
하늘이 닿은 수평선을 본다
물 위에 떠 있는 하늘은 파도가 일렁일 때마다
조금씩 밀려와 아메리카노의 향을 끌어당긴다
하늘이 가까이 왔을 때
카페 음악은 전율을 타고 바다로 간다
넘실대는 파도가 커피 향을 품어서
음악과 함께 더욱 유쾌하게 넘실댄다

가을비

쓸쓸한 저녁에 후두두 가을비가 내린다
우산을 받쳐 든 한 사내의 허리가 굽어 보인다
엇박자로 내리는 빗줄기가 걸음을 재촉하고
사내의 등은 추위를 느끼며 오그라들고 있다
우리의 삶이 오늘의 가을비 같다
사내 같다
수북이 쌓이는 낙엽 위로 떨어지는
빗방울의 그리움이
깊은 속살까지 썩게 하는 가을비다

오늘은 무(無)다

오늘은 점을 찍었다
왜 그랬냐고 묻는다면
고민할 필요가 없어 점을 찍었다
찍고 보니
덩그러니 남은 하루가 백지로 남겨졌다
오늘은 무(無)다

코스모스 필 때

석양이 산에 걸리면
밥 짓는 시골 아낙의 얼굴에 홍조가 띠고
길모퉁이에서 코스모스는 그렇게 핀다

꽃잎 사이로 기다림은 장승처럼 서 있고
고추잠자리의 외로움은 가을빛 그리움이 된다

이슬 맞은 아기별 촘촘히 내리고
이불 없는 길모퉁이에서 코스모스는
추위에 떨며 그렇게 핀다

찬바람에 시린 꽃잎은 풀벌레의 우산이 되고
살랑대는 아픔도 환희가 된다

여명을 기다리는 칠흑 속에서
가녀린 뒤꿈치를 수없이 치켜세우며
먼 기다림이 가을 벗 그리움으로 올 때
코스모스는 그렇게 핀다

삶의 꽃이 핀다

제2부

삶의 속임수

인간은 위대하다느니 뭐니 하면서 떠들어도
삶의 깊은 뜻을 모른다
종이 한 장으로 여기고 겁 없이 덤비고
마음대로 쥐락펴락해도 되는 게 없다
만약 삶이 우리를 속이지 않는다면
세상이란 당초에 없다
밋밋한 세상에서 하는 일 없이 스스로 자폭할 것이다
 속더라도 이미 속임수임을 알기에 인간의 위대함
을 안다

알곡의 시간

씨앗이 자라 알곡을 맺을 때
숨어버리는 것과 드러내는 두 종류가 있다
각자의 개성대로 열매를 맺으면 된다
그게 순리고 진리다
뿌린 대로 거두니 노력의 대가고
부정부패도 없는 시공의 흐름이다
정확하고 에누리 없는 알곡의 시간이다

산사의 비질

흙에 먼지를 비질하는 것은
먼지가 먼지를 만들어도 깨끗해진다
땅에 떨어진 쓰레기를 치운다는 개념이 아니다
흙을 비질하듯이 비질은 가르침의 시작이며
득도이기에 늘 비질한다

시간

참 무겁고 어둡다
가끔은 빛이 들게 해보지만
깊이를 헤아릴 수 없어
빛도 침묵으로 답한다

코로나 팬데믹은 춥다

중국 우한에서 발생한(2019. 12.) 괴상한 바이러스는
세계를 강타했다
팬데믹을 초래한 그의 이름은 "코로나19"라 명명하였다
피폐해진 국민들의 정서가 질서를 지키느라 안간힘
을 썼다

팬데믹의 시련은 춥다
온기로 막을 수 없는 코로나19는 세계를 휘저어 계절
을 잊게 했다
인간의 존엄이 무너지고 굴복하며 빛을 잃어 갔다

춥다
몸을 움츠려 밀어내어 보지만
꿈쩍도 하지 않는 이 괴상한 바이러스는
강한 인간을 힘 하나 들이지 않고 무너뜨렸다

세계는 봄이 오기를 기다린다

공포의 바이러스 앞에 무참히 죽어가는 이들의 슬픈 노래는 침묵이다

이 역경의 울부짖음이 세계 모든 이에게 항체가 되어 살아 숨쉬기를 바란다 (2021년)

무서운 이 괴상한 바이러스는 2023년 봄이 되어서야 잠식되었다

문 대통령님과 애국지사의 담요

제102주년 삼일절에는 비가 오다
코로나19라는 팬데믹으로 세계가 초토화되었고
실내 행사는 엄두를 못 내다

탑골공원에서 행사가 열리고
애국지사 몇 분만 초대하다
어느 연로하신 애국지사는 휠체어를 타고 계셨고
무릎에 덮었던 담요가 떨어진 줄을 모르다
문 대통령님께서 소리 없이 다가가 엎드려서
빗물에 젖은 담요를 손수 주우시고
새 담요로 바꾸어 주시다

낮은 자세로 임한 당신
삼일절의 깊은 뜻을 전하는 대통령이 되다

일이 잘 안 풀릴 때

그냥 덮는다
긍정으로 한 발 앞으로 나간다
그리고 최선을 다한다
인생이란 시행착오를 거쳐
또 한 걸음 나아가는 것이다
이것은 사람에 따라 다르다
빨리 터득하는 사람
조금 느린 사람의 차이다
중요한 것은 희망과 용기다
일이 잘 안 풀릴 때
침 한번 꿀꺽 삼키고
긍정의 힘으로 똑바로 보라
그러면 희망의 문은 보인다

불사조

불사조는 상상의 새다
어떤 모습이든 상상하면 된다
영원히 죽지 않아 마음껏 날 수 있다
어느 스님께서 그리신 불사조는
몸은 타원형이고, 머리는 닭 볏,
등은 악어, 다리는 공룡, 꼬리는 새다
늘 벽에 걸려있다
행운을 가져다준다고 하여 귀히 여긴다

가족

딸에게 건강 밥솥을 선물 받았다
실업급여를 받아서 산 밥솥이라 기쁘기보다 마음이 아렸다
가족이란 이유가 필요치 않다
형편이 안 되면 마음이라도 나누는 게 가족이다
핵가족과 이기주의로 변해가는 현세는
가족의 의미가 많이 줄었다
부모와 자식, 형제자매는 세월이 흘러도 불변이다
가족이란 이름 하에 받은 마음은
누구에게도 나눌 수 없는 천 냥의 빚 같은 것이다
부모가 천 냥을 주면 자식이 갚고
반복되는 인간의 구조에 감정을 넣었기에
더욱 애틋하고 사랑하는 것이다

행복의 무게는 없다

행복의 무게는 달지 않는다
아무리 작은 행복이라도 잴 수 없고
객관적으로도 불가능하며
오직 본인만의 느낌으로 추측할 뿐이다
그러니 평가 자체가 궤변이고 역설이다
행복은 너무 가벼워서 무게가 없다

인종 차별

　뉴욕 현대미술관에서 세계 유명작가들의 전시회가 열
리던 날,
　각국에서 온 많은 사람이 붐볐다
　딸과 유명작품 옆에서 사진을 찍으려는 순간,
　덩치 큰 흑인 남자가 달려와 저지하였다
　다른 데로 가서 찍으려는데 또다시 달려와 막았다
　옆에는 백인들이 삼삼오오 사진을 찍고 떠들기까지 하
였지만,
　누구도 막지 않았다
　듣던 대로 인종차별이란 걸 느끼는 순간이었다

　피부색이 달라서 차별하는 그들의 세상이라면,
　이를 막은 흑인은 백인의 노예가 맞다
　인간 존엄과 인격체로서 차별의 법칙은 없으며,
　스스로 자처한 흑인의 뇌에는 영혼이 없다

　과연 백인의 우월주의가 맞을까
　그러면 '왜'라는 수식어가 붙는다
　누구나 평등하다는 평범한 진리 앞에
　모순의 두 얼굴은 세상의 물을 흐리게 한다
　현재 우리는 정제된 인간의 진실이 필요할 뿐이다

그해 가을

푸른 잎이 가을의 문턱을 넘고
한 걸음씩 10월로 다가갔을 때
붉은색, 노란색 물이 들었다
이파리의 떨림이 11월로 갔을 때
잎들은 죽었다
거대한 나무에서 영혼이 분리되었고
강풍에 밀려 작은 누더기로
산기슭에 정착했을 때 영혼은 없었다
자연에 순응하며 또다시 거름으로 내어주기까지
온갖 옷을 벗었다
잎이 진 자리에
또 다른 가을 소묘는 채색되지 않았다

눈이 내리네

눈이 내리네
바람의 입질도 없이 펑펑 쏟아지네
사람들은 제각기 사연을 담고 서성이네
기억하고 싶은 것들
가슴에 담고 싶은 것들
저 함박눈 속에 묻어도 좋을 오늘이야

아-
어두운 시간을 덮어버린 백설
세월을 세며 뒷걸음질하네
순백의 진리로 거짓 없는 세상을 만드네
자유가 공존하는 그곳에 눈이 쌓이네

인생길

인간에겐 거역할 수 없는 길이 있다
인생길, 그것은 삶의 증표다
희비 속에서 생이 다하는 날까지
고뇌하며 몸부림친다
백지 속에 펼쳐진 깊은 공허함은
화가가 그림을 그리듯 깊이와 가치를 부여한다
아름다운 채색을 위해 마지막 순간까지
고군분투하는 그 길 위에
생은 값진 재료를 준비하며 마음껏 뒹군다

운명에 눕다

운명이란 태어날 때 가지고 난다고 한다
보통 인간들은 행복할 때는 운명이란 말을 잘 안 쓴다
살면서 힘에 겨우면 운명에 눕는다
인간은 강하다
긍정의 힘만 있다면 순간을 바꿀 수도 있다
고통에서 행복으로 순간 이동하면 된다
이것 역시 운명이다
정히 힘들면 배 째라고 큰소리치면 고통은 물러간다

개떡 같은 인생

세상에는 개떡 같은 인생이 많다
아무리 발버둥 쳐도
되는 게 없는 인생이 개떡이다
앙금 없는 천한 떡이라고
생이 쥐락펴락하니 속수무책이다
인생이란
스스로 관리하고 갈고닦아야
개떡이 아닌 찰떡이 된다

일탈을 꿈꾸다

기차를 타고 들판을 달리면
일탈을 꿈꾸는 해맑은 하루가
끈적한 고뇌를 내려놓는다
역마다 제각기 꿈을 실은 사람들
아무 생각 없이 졸다가 눈을 떴을 때 터널이다
이것이 인생이다
단지 터널이 나쁜 것은 아니다
곧고 바른길을 위해 터널은 존재해야 한다
터널이란
인생의 살가움이 되는 묘미가 되기 때문이다

그리움의 언덕

누구나 그리움의 언덕 하나쯤은 있다
어떤 이는 어머니, 고향, 추억, 친구 등등
각자의 언덕에 올라 공상에 젖는다
그리움이란 감성적이고 아름다운 것이다
기억의 저편을 끌어오는 행복 같은 것
삶의 진통제이고 영양제다
무수한 날들이 조각되어 맞추어지는
그 언덕에 마음 내리면
꿈을 꾸는 내가 있다
아름다운 꿈을 꾸는 그대들이 있다

비가 온다

언덕에서 내려다보는 시가지에
집들은 비로 인해 차분히 가라앉아 있다
차들도 땅에 붙어 조용히 기어간다
세상이란 작은 모퉁이에서 하루를 보내는
각자의 삶이 가라앉았다가 활개를 쳤다가 하는 것은
자연의 섭리와 인간의 순리가 맞닥뜨려져서다
흔한 비에도 감동하고 마음을 추스르는 것은
감정을 가진 인간의 위대한 선물이다
비는 차분히 내리고 공간을 파고드는
평형의 시간이 오늘을 걷는다

봄의 소야곡

온 세상이 현의 떨림처럼
나풀대다 꽃이 핀다
4월의 그 자리에는
천지의 소리 없는 아우성침에도
사람들은 감탄사를 연발한다
봄이란 이름이 희망을 말해주듯이
햇살의 어울림은 세상을 비춰
아름다운 소야곡을 완성한다

안경이란 눈

안경을 벗으면 세상이 흐리다
제대로 된 것이 없다
아무것도 할 수가 없다
인간이 살아가면서 노화는 당연한데
불편해서 힘들다
안경이 가져다주는 기쁨과 행복은 과학의 힘이다
과학이 인간의 질을 높이고 건강케 하며
행복을 가져다주지만
결국 몇십 년의 힘으로 끝나게 된다
그러나
현세의 가치가 높다는 것은
먼 훗날 빛이 바래도
지금의 행복지수는 일백 퍼센트이다

오늘은 내일의 밑거름

산다는 것, 내일을 향해있다
내일이 없다면 희망도 없으며 살 의미도 없다
지금, 이 순간이 가장 값진 것이고
제각기 나름의 하루가 천금 같기에
힘들면 힘든 대로, 즐거우면 즐거운 대로
시간을 받아들인다
단순한 뇌라 할지라도 내일의 밑거름을 만든다
누가 어떤 거름을 만드느냐가 인생의 성공이며
오늘이 그 내일이 되는 것이다

뚝섬유원지의 편백나무 숲

한강 뚝섬유원지에는
자그마한 편백나무 숲이 있다
숲에서 한강을 바라보면 딴 세상인 듯
운치 있는 풍광은 부러울 게 없다
쾌적한 바람이 풍량계를 쉴 새 없이 돌리고
맛깔스러운 시간을 제공하고 있다
숲속 사람들은 이 맛의 묘미를 알고
더위를 식히며 하루해를 보낸다

가을 나들이

하늘은 씻은 듯 맑고
산과 들은 그리움이 숨어 있다
참 좋다
살아있음에 감사하고
자연을 노래해서 행복하다
아직 덜 여문 나락*의 서걱대는 거친 숨소리는
출산을 앞둔 산모처럼 여문다
이 신비한 순수 앞에 오늘을 만끽한다

*나락: 벼

겨울 산

온갖 생명을 품은 허리는 휘어지고
맞잡은 손은 산맥을 이루나 등골 사이에 백설이 고여 시리다
나무들이 옷을 벗은 산
눈보라 치던 밤의 활주로가 능선을 넘을 때
서러움에 복받친 봉우리는 천지가 진동하듯 윙윙거렸다
거친 폭풍이 산허리를 할퀴며 여린 생명을 위협하고
폭설의 무게에 견디지 못한 나뭇가지들의
울부짖음이 온종일 메아리쳤다
혹독함 속에서도 산은 더욱 엄숙히 엎드려
언 땅을 다독이며 겨울을 나고 있다
따뜻한 가슴을 지닌 겨울 산을 누가 무뚝뚝하다고 했던가
저렇게 당당한 정열의 산을

고행

사람들은 고통을 내려놓는 법을 모른다
삶의 일부라 생각하고 당연히 지고 간다
이것이 인간의 한계다
그냥 내 것이 아니라고 버리면 그만이다

가로등의 마술이 시작된다

차디찬 어둠 속에서 가로등은 빛나고
빛 사이로 눈이 흩날리다가 펑펑 쏟아집니다
또 한 사람이 서 있습니다
마술에 이끌려 눈을 맞습니다
꽁꽁 언 땅도 소복이 쌓이는 눈을 받아들이고
불빛 사이로 풍광이 드래그되는 순간
마술은 화폭에 담깁니다
하염없이 눈은 내리고
마술 같은 시간이 엄숙히 지나갑니다

바람은 기차표를 예매했다

거센 폭풍이 휘몰아치던 밤
바람은 역사의 창을 비집고 들어섰다
역사는 따뜻했다
서너 명의 여행객이 풀린 눈으로 졸음을 쫓고
기세등등한 바람도 난롯가에 쭈그리고 앉았다
하룻밤을 지새운 바람
몇 시 차를 예매했을까
아침 햇살이 대합실을 비출 때
철커덕철커덕 기차가 온다
과묵한 얼굴에 두툼한 목도리를 한
여행객의 손이 파르르 떨렸다
산골 마을에 냉기를 싣고 갈 기차는
역사를 휘이 둘러보며 기적소리를 냈다
기차가 떠난 자리에 바람은 없었다

비 오는 날의 수채화

하늘에 물감을 찍었더니 비가 온다
찍고 또 찍었더니 소나기가 온다
장님처럼 붓으로 더듬고
용사처럼 말 달리면 지워지지 않은 자국은
태풍을 몰고 오나

그냥 하늘이 파랗게 수채화처럼 퍼졌으면 좋겠다

숲

나무가 서 있는 것은
바람과 비를 기다려서다

나무가 모여 숲을 이루니
숲이 서 있는 것은 자신을 위해서다

왜 숲이 되었냐고 묻는다면
바람이 씨앗을 나르고 키워서 집을 만든다

세찬 바람도 때론 고단하고 허황해서
숲을 그리워한다

삶의 꽃이 핀다

제3부

산을 오르며

번뇌를 씻어보겠다고
낑낑거리며 산을 오르다 보면
번뇌보다 더 힘들다
숨이 차고 힘들어서 아무 생각이 없다
그래서 번뇌는 사라지는 것이다

산을 오르는 사람들
스치기만 해도 이미 알고 있는 사람들처럼 향기가 난다
건네는 인사 한마디가 곧게 선 산허리도 감싸 안고
가벼운 발걸음으로 산 사람들이 된다

내가 산에 간 것이 아니라
산이 내게로 와서 안아 주는 손길이 따뜻하여
산을 그리워하고 또 다른 산을 오르게 한다

사진첩에는 추억이 드래그되어 있다

세월을 거슬러 온 사진첩에
희로애락의 소중한 시간이 갇혀
고스란히 각인되어 있다
이보다 소중한 시간이 없는 양
침묵으로 진실을 말해주는
사진의 귀함이 새삼 느껴지는 하루였다
세상의 변화에 사라져가는 사진첩의 이야기는
추억이 그대로 드래그되어 있다

행복

인간이 사는 동안 몇 퍼센트나 행복할까
각자 행복의 깊이와 넓이는 다르며
사소한 행복이라도 이미 값을 치렀다
행복이란 대다수 길지 못하다
수많은 시간 속에 작은 행복이
잠깐 왔다 사라진다고 해도
행복이라 여기는 것은 감동을 주기 때문이다
인간에게 감동은 희열이다
가끔 운명처럼 쉽게 찾아오는 행복도 있다
공짜로 얻어졌다고 여겨도 노력의 대가이다

겨울 바다

아무리 추워도 어는 법이 없다
아마 짜서 그럴 것이다
바다가 등대를 지키고, 등대가 바다를 지키고
칼바람 속에서도 서로 의지하는 것은 숙명이다

어느 날 문득 겨울 바다에 서면
바다는 감성 그 자체다
가까이 다가오는 겨울 바다는
더욱 그러하다
반갑다고 소리치는 파도와 갈매기도
머-언, 수평선의 끝이 있다고 토를 달지 않는다

광화문 광장

세상을 거슬러 온 광화문 앞에는
현대식 건물들이 즐비하다
몇백 년의 시차가 오가는 길목에서
현대인들은 집회라는 명목으로
그냥 짓밟아 버린다

유구한 역사는 살아 숨 쉬되
집회의 북소리가 끊이지 않는 곳
아름답고 찬란히 빛나는 고궁 앞에서
현대인의 꼴불견은 추하다

역사는 소중히 가꿀 줄도 알아야 하거늘
굳이 그곳에서 굿을 해야 하는가

대대손손 물려줄 문화재를
우리는 소중히 가꿀 의무가 있다
고고하고 우아한 경복궁이 빛나듯이
광화문 광장도 우아했으면 좋겠다

아파트

현대 문명의 발달로
아파트가 즐비하게 서 있다
본래 인간은 흙과 더불어 살아야 하지만
진화되어 가는지
하늘로 솟은 이 건축물에 열광하고 있다
나름 편리하고 가족의 행복과
겹겹이 쌓인 피로의 안식처니
공존의 법칙은 인간에게 준 선물이다

5월의 거울

자연이 싱그럽다
새들이 노래하는 5월의 텃밭도
녹음으로 짙어 상생을 노래한다

사색의 5월 아침
이슬 머금은 영혼의 시간을 꺼내어 빛을 비추어 보자
인생의 맑음이 이토록 빛난다면 하늘에 거울을 걸겠다
파랗고 영롱한 거울의 날개가 마술처럼 흔들리도록

오늘 아침도 언젠가 빛나는 하늘의 거울이 되겠지
또 다른 나를 비추는 거울이 되겠지

문경새재

문경새재의 그리움은 저녁노을이고
주흘산의 위상은 백두대간 가슴이다
저녁노을 발갛게 물들면
백두대간 가슴엔 푸른 문경이 각인된다
험준한 땅을 아우르는 주흘산의 번뇌도
위풍당당 문경을 지키고
온화한 문경새재는
주흘산까지 품은 고고한 선비다

설원의 고사목

생명도 없이 꿋꿋이 선 나래 위에
백설의 눈부심은 환희에 찬다
눈꽃 송이의 화려함에
보석처럼 빛난 고사목
생명 없는 자태가 위엄이라도 세우듯
높은 고지의 깃발처럼
태양 앞에 엄숙히 서 있다

연꽃

무욕의 땅에서 다소곳이 선 꽃
너무 청빈해서 아름답고
기품 있어 화려하다
손대기조차 두려운 너를 보고
사람들은 흔히 인생을 논한다
인간의 본향은 흙이거늘
썩고 썩어 수많은 영혼을 피워 올리고
다시 흙으로 돌아가기에
뽐내지 않고 우러러보게 한다

엄마라는 이름

나의 엄마라는 이름과
나 또한 엄마라는 이름을 가졌다
나의 엄마는 그 이름이 빛나서
나란 엄마는 초라해서
나약한 굴레를 벗어버리려 애쓴다
제각기 차이는 있겠지만
엄마란 자식에게 속을 다 내어준다
무조건적 희생이다
나의 엄마는 그랬다
그 이름이 밑바닥에 깔려있어 차갑고 무겁다
엄마가 된 후에야 엄마의 자리가
이토록 깊고 깊어서 엄마의 울음을 운다

낡은 유모차

시골 집집이 낡은 유모차 한 대씩 있다
아기차가 아닌 어르신들의 차다
언제부턴가 자식들이 구해 준
낡은 유모차가 들어오면서 노인들은 몸을 맡겼다
평생 흙을 파며 살아온 이들에게
도시 사람들보다 지병이 더 많다
육체는 낡아 뼈 마디마디 구멍이 뚫려 바람이 나온다면서
물리치료며 약이라 하여 이 병원 저 병원 다녀보지만,
유모차보다 못하다
경로당 갈 때도, 마실 갈 때도
어디든 동행하는 낡은 유모차의 위력은 자동차만큼이
나 크다
거친 손에서 삶의 고랑을 헤듯
아픈 다리를 끌며 세월의 무게를 느낀다
농촌에서 남은 생을 유모차에 지탱하고
봄을 기다리듯 회복을 기다린다

삶은 인생의 훈장이다

삶이란, 인생의 훈장 같은 것이다
작은 훈장이라도 달아보려고
안간힘을 쓰며 노력한다

인간이 총명하면서도 어리석은 것은
흘러가는 시간이 과거로 쌓여도
다 채울 수도 채워서도 안 되는 이유를 모른다
그냥, 노력껏 튼실하게 삶을 채워가면 된다

스스로 만드는 것이니 연속을 위해 여지를 남기며
결국 생의 마지막에서야 자신의 가치는 정해진다

가을의 서

저 무위의 땅에 질서도 잊은 체
마지막 남은 흔들림이
꺾어진 울음을 삼키고
거친 물살을 배회하던 바람을
더욱 적막 속으로 밀어 넣었다
아- 가을
아프로디테의 아름다움보다
더 숭고한 가을을 대지에 뿌린
데메테르의 여신은
어떤 모습이어도 좋을 그곳에
황금빛으로 물들이고
바람마저 살찌게 한 가을의 서

바람 타는 밤나무

내가 사는 뒷동산에는 밤나무가 한그루 있는데
창 너머로 언제든지 볼 수 있다
혼자 돌출되어 바람을 더 많이 탄다
봄이면 여린 연둣빛으로 아지랑이처럼 흔들리고
여름이면 짙은 녹색으로 물결처럼 흔들리며
가을이면 노란 단풍으로 깃발처럼 흔들린다
겨울이면 앙상한 가지는 추위에 떨며 구슬피 운다
계절에 순응하며 예쁜 옷을 갈아입고
깃발이 되는 밤나무의 소박함이
우리의 풍상과도 같다

가을의 끝자락을 삽니다

예쁜 단풍이 물들면
햇살의 얼굴도 붉어져
그림자의 성숙함이 깊이를 더할 때
마지막 한 줌의 바람마저 삼켜버렸다
어느새, 초겨울을 그리워하는 양
퇴색된 들판의 수채화를
싸구려로 팔아버린 가을
그 끝자락을 다시 사노니
얼마면 되겠소

들국화 연정

노을빛 언덕에 들국화 서 있네
외로운 별처럼 어둠만 적시네
수채화처럼 퍼진 가을 연서
풋풋한 향기는 밤에도 잠들지 않네
풍요의 언덕에 한잎 두잎 꽃물이 들고
자연의 섭리 앞에 속삭임은
계절의 위대함을 훔쳤네

홀로 선 언덕에 나 외로워
그대에게 편지를 쓰네
남은 아름다운 계절을 위하여
가을 풍경 분주히 그리네
소슬바람 따라 낙엽 지면
내 임은 오시려나
가신 임 언제 오시려나

어느 시골 정류장의 일상

아침 햇살이 퍼지면
어르신들은 정류장에서 정감을 나눈다
짧은 시간의 행복과 그리움이
회한의 슬픔이 되어
주름진 이마를 쓸어내리면
푸념은 침묵 앞에 생을 가두어 버린다
역동의 세월을 누가 막으랴
버스가 온다
시장으로 병원으로
또 어딘가로 떠나는 인생의 골들이
알알이 박힌다

개구리 울음소리

모내기 철이면 삼은 논*에서 개구리가 운다
생활의 터전이라 목청껏 운다
개골개골 개골개골-
농부가 만든 아트홀에서 리허설하고
찰랑찰랑 물결 소리
본무대에서 마음껏 기량을 펼칠 수 있도록 논물을 댄다
그 소리 어떤 모양일까
둥글까 네모날까 아니면 다이아몬드형
어떤 소리든 서정이며 아름다운 교향곡임은 틀림없다
기쁨의 노래는 무논*을 온통 콘서트장으로 만들고
무디어 가는 어르신들의 감정을 긁는다

*삼은 논: 모내기를 할 수 있도록 다듬어 놓은 논
*무논: 물이 차 있는 논

문경도자기에서 영혼의 소리가 들린다
-망댕이 가마

불꽃이 춤을 춘다
덩실덩실 춤을 춘다
혼을 불러 모은다
1,300도의 광기로 깊은 곳에서 끌어올린
변화무쌍한 불꽃은 살창구멍을 통해
흙덩이에 불과한 그릇에 혼을 넣고 있다
그 뜨거운 불길 속에서 꼼짝도 않고
이를 악물며 견디는 모습은 경이롭기까지 하다
열기가 그릇의 색깔과 모양을 내기에
도공은 질 좋은 도자기를 구워내기 위해
도수리구멍으로 그릇이 잘 익는지 살핀다
천혜의 자연을 지닌 문경
정체성을 가진 문경
백두대간의 중심인 문경
그곳에서
오늘도 소나무 장작의 불꽃이 활활 타오른다
망댕이 가마의 독특한 울림으로 생명을 불러오고 있다
경이롭고 아름답고 멋스러운 도자기가 태어난다
그래서 문경도자기에는 영혼의 소리가 들린다

정년퇴직

나는 보건진료소 소장이었다

1980년대 우리나라의 정책사업으로
무의촌 해소를 위해 보건진료소를 설치하고
간호사를 양성하여 진료권을 주었다

조건은 벽오지·도서 지역의 열악한 환경과
혼자 365일 주야 근무, 주거 의무화로
만능이 되어야만 했던 힘든 길이었다
그 당시 공무원의 선호도는 매우 낮았으며
월급 또한 형편없었다
20년이 훌쩍 넘어서야 자녀 학교 문제로
관내 출퇴근이 가능토록 하였다

간호사란 이름의 사명으로 지원자가 속출하였고
몇 년에 걸쳐 2,021군데의 정원이 채워짐으로써
무의촌이 해소되었다
외국의 롤 모델이 될 만큼
우리나라 정책상 가장 성공한 사례다

나는 간호대학을 졸업하고

20대 중반(1985년)부터 60세 정년까지
산간 농촌 오지에서 보냈다
난시청지역으로 그 흔한 문화생활조차
용납되지 않았던 시절도 있었다
순박한 사람들이 사는 곳
의료의 불모지에서 기꺼이
육체적, 정신적, 치료자가 되고자 하였다

인간은 태어날 때부터 각자 소임을 갖는다
나의 철학은 주어진 소임을 다하는 것
앞만 보고 달려 온 십수 년
뒤돌아보니 까마득하기만 한데
퇴직하고서야 앞으로 나아갈 뿐
삶의 고지는 정상이 없음을 알았다

소박한 삶 속에서 정년이란 이름으로 청춘을 다 썼지만,
결국 삶이 멈추어야 생의 영수증을 받는다는 것도 알았다
그래도 나의 젊은 생은 잘살았다 자부하며
여생은 소중한 나날을 껴안아야겠다

새벽

새벽을 여는 사람들은
새벽을 이끌며 가격을 매긴다
삶이 그러하듯
인간들의 비린내가 새벽공기를 할퀸다
우린 비린 맛이 삭을 때까지
싱싱한 새벽을 퍼 올려야 한다
빛도 없고 어둠도 없는 저 무한 천공을 접목해
활활 타오르는 무희의 광기처럼 새벽을 예찬할 일이다
가끔, 바쁜 일상을 거두고
무희의 넋두리처럼 덩실덩실 춤도 출 일이다

가로등이 희미해져 갈 때
새벽은 강인함으로 다가오고
나아갈수록 헉헉거리지만
지쳐 돌아오면 희망으로 이끈다
작은 기쁨 속에 하루가 열리고
받아들일 수밖에 없는 존재의 가치가 있다
삶은 의미를 부여하기에 새벽은 더욱 빛을 발한다

생과 시간,
물음에 대한 시적 화답

손희락(시인·문학평론가)

생과 시간, 물음에 대한 시적 화답

손희락(시인·문학평론가)

1. 탐욕과 번뇌를 비운 청결의 삶 -빈 잔

시는 진실을 겨냥할 때, 다양한 표정과 목소리로 말을 건다. 삶이 무엇인지, 왜 길을 걷고 있는지, 길 위에서 무엇을 해야 하는지, 진지한 톤으로 묻는다. 언어 자체가 생명력으로 회전하기 때문이다. 오종순 시학의 특징은 '관찰과 표현'이다. 관찰의 핵심은 시간과 존재의 문제로 직결된다. 표현영역에서는 허구 아닌 진실을 말하려 몸부림친다. 여성시의 텍스트에 등장하는 언어유희나 시적 기교, 언어를 포장한 음악성 등은 그리 중요하게 인식되지 않는다. 실재에 대응한 진리적 논리로 독자에게 질문한다. 때론 깨우침의 메시지를 노출시켜 화답도 한다. 현대시는 비유나 시각적 효과에 의지하여 언어의 탑을 쌓지만, 화자의 시는 비유, 은유 보단, 직설적 표현을 즐긴다. 시적 기교보다 시의 진정성을 전달한다.

시란 것이
예쁘고 감성적인 면만 추구하는 것은 아니다
때론 무쇠처럼 단단하며 열정과 정의를 위해
힘차게 나가는 것이 글의 힘이고 정의의 칼이다
시는 누구를 위해서가 아니라
세상을 향해 어떤 모습이든
가장 시답게 쓰는 것
감성과 정의로 인간의 마음을 움직이는 것이다
그래서 시는 가면이 필요치 않다

ー「시란 가면이 필요치 않다」 전문

　이 시는 시다운 시에 대한 의식의 표출이다. 언어 유희
적 포장, 장황한 수사의 과잉 보단 시적 진실에 집중한
다는 메시지이다. "감성과 정의로 인간의 마음을 움직일
때." 가장 시답다는 인식을 갖고 있다. 21세기는 혼돈의
시대이다. 참과 거짓, 진짜와 가짜, 진리와 비진리가 뒤
죽박죽된 시대이다. 인간마저 가면을 착용한 채 위선의
삶을 살아간다. 진실한 소통, 위장 없는 메시지를 안착
한 시미학적 가치가 제대로 평가된다면, 오종순 시학의
성공을 기대해도 좋을 듯하다. 진짜 시는 무엇일까? 시
가 시답기 위해서 "가면이 필요치 않다"는 주장처럼 시
의 언어가 변형될 지는 의문이다. 시적 상상, 언어기술로
가공한 예쁜 시보다 표현 면에서 투박해도 진실한 시를

쓰겠다는 각오는 희망적이다. 시를 쓴다는 행위 자체가 정직과 진실한 삶을 바탕으로 하기 때문이다. 화자의 언어는 화장기 없는 민낯, 본모습의 이미지다. 진리적 메시지를 과감히 노출시켜 진정성을 확보한다면, 순수 언어를 갈망하는 독자의 사랑을 받을 수 있을 것 같다. 현대시의 외면은 난해한 해독, 현란한 수사, 은유적 과잉에 있음도 일부분 사실이다.

나에게 빈 잔을 다오
채워지지 않은 잔은 채울 이유가 있고
잔을 채우기까지 걸어야 할 미래가 있으며
넘치도록 채우고 싶은 낱알이 있다
인생이 비어있으면 잔을 채워보자
소박한 꿈이라도 채우는 잔에
역경의 무리는 가라
희로애락의 뒤엉킨 생의 빈 잔을
알곡으로 채우고 인생을 논하자

-「빈 잔」 전문

전연 9행으로 짜인 이 시의 첫 행은 "빈 잔"에 대한 기원으로 출발한다. 빈 잔은 두 가지 의미를 내포한다. ① 채움의 잔 ② 비움의 잔이다. 나에게 잔을 달라고 형식적으로 요구하지만, 그 잔은 출생 시기부터 전유물이다. 자신의 몸과 영혼을 상징한다. 혈통적으로 부모에게 물려받았고, 종교적 관점에서 신의 DNA로 유전된 영혼이다. 존재의 원형과 시간을 의식한 한 생은 채움과 비움의 반복과정에 놓여있다. 비울 것을 비우는 구도적 열정이 구원이고 해탈이며, 채울 것을 채우지 않는 게으름이 방탕이며 타락이다. 오종순은 일평생 채움과 비움에 집중한다. 이 시의 제목을 「빈 잔」으로 붙인 것은 채움보다 비움이 더 난제라는 뜻이다. "알곡으로 채우고 인생을 논하자" 시적 결론은 의미가 깊다. 자아 탐욕을 버린 청결한 공간에 알곡 같은 구원의 요소들을 담아야 한다는 메시지이다. 이 시에서 무명, 아집, 아만, 탐욕을 버리고, 진리로 채우기 위해 몸부림친 시인의 모습이 얼비친다. "빈 잔"의 본질적 의미를 부각시켜 존재의 심연에 충격을 가하는 이런 유형의 시는 인간의 병든 의식을 흔들 것이다. 영적 치료가 가능하기에 시적 효용이 클 수밖에 없다.

흙에 먼지를 비질하는 것은
먼지가 먼지를 만들어도 깨끗해진다
땅에 떨어진 쓰레기를 치운다는 개념이 아니다
흙을 비질하듯이 비질은 가르침의 시작이며
득도이기에 늘 비질한다

　-「산사의 비질」 전문

시인 오종순은 자아 내면을 성찰하면서 "비질"한다고 독백한다. 장소적 공간은 "절집"이다. 산사에서 비질할 때, "먼지가 먼지를 만들어도 깨끗해진다"는 표현은 역설적이지만 심오하다. 절간 마당만 밟고 다니며, 공양을 축내고, 법회 시간에 귀 닫고, 눈 감고 있어도 심적 청결(비질)은 진행된다는 독특한 메시지를 담았다. 이 시에 표출된 현상 외에 은둔 의미는 무엇인가? 비질의 생활화, 습관화이다. 산사의 비질은 거짓된 생을 청산하는 심적, 영적 청결을 상징한다. 스님들이 비질하는 모습은 절간 마당을 쓸고 있지만, 자기 내면을 단장하는 행위이다. 속고 속이는 현세에서 비질은 중요하다. "먼지가 먼지를 만들어도 깨끗해진다"는 표현처럼 성자의 삶과 속인의 삶이 비질이란, 성찰 행위로 구분된다. 자기 내면을 통찰하는 몸부림 없이 '득도와 깨우침'이 없다는 메시지에 시의 독자는 공감할 것이다. 오종순 시의 특성은 비질한 자의식에서 표출된 언어이다. 시집의 표제 『삶은 강렬한 땡볕이면 더 좋다』에서 느끼듯 땡볕에 그을린 독자들을 진리의 그늘 속으로 견인할 가능성이 엿보인다.

2. 인연 측량과 경계의 도구 –끈

끈이란 물건을 묶는 끈
가족을 이어주는 끈
친구 또는 인간관계의 끈
여러 부류의 끈이 있다
살면서 꼭 필요한 것이다
사는 동안 끈은 끊어지기도 하고
다시 이어지기도 한다
내가 잘못해서 끈을 놓아버리고
상대가 잘못해서 끈을 놓아버리게 된다
관계에 따라 다르겠지만
놓지 말아야 할 끈을
어쩔 도리 없어 놓아버리면
늘 너덜거린다
추스르기도 힘든 끈이 가지런해지려면
바람이 멈추어야 하고 매듭을 지음으로써
역할을 다하게 된다

-「끈」 전문

전연 16행으로 짜인 이 시는 "끈"에 대한 사유가 진술
되었다. 생명과 생명을 연결하거나 존재와 존재를 생육

케하는 인연법은 불교의 핵심 가르침이기도 하다. 나는 나의 길, 너는 너의 길을 가지만, 투명한 끈에 의해 묶여 있는 운명적 존재가 인간임을 깨우친 오종순의 의식은 단순하지 않다. '나는 존재 한다'라는 명제보다 '우리는 존재 한다'라는 명제를 더 중요시한다. 인연법을 학습한 탓이다. 석가는 인생의 팔고(八苦) 중에서 원증회고(怨憎會苦)와 애별리고(愛別離苦)의 의미를 가르쳤다. 고통스런 악인연도 운명의 끈에 묶였기에 감당해야 한다는 진리이다. 5행에서 시인은 "끈은 꼭 필요한 것이다" 진술한다.

문경지역 보건소에서 조우한 병든 노인들도 인연법적 관점에서 대하고 진료했을 것이다. 이 시의 메시지가 닿는 지향점은 시인이 깨우친 그 지점보다 더 깊은 곳일 수도 있다. 결미에서 "끈이 가지런해지려면 / 바람이 멈추어야 한다." 독백한다. 끈에 대한 사유도 중의적 의미가 있다. 삶을 추스르고, 마음을 가지런하게 하는 도구, 끈을 채찍 삼아 탐욕과 번뇌를 다스렸는지도 모른다. 끈의 보편적 기능은 측량과 묶음이지만, 은밀한 기능은 자신을 내리치는 죽비의 역할이다. 끈에 대한 총체적 사고는 오묘하다. 이 시는 실존적 의식 체계를 바로 세우거나 비판하려는 목적으로 쓰였다. 21세기는 인연을 중시하지 않는 시대이다. 양성 간 만남과 이별이 탐욕적 계산으로 이루어진다. 부모와 자식이란 천륜관계도 단절하는 악한 때이다. 하늘 향해 치솟는 거창한 존재도 땅을 향해 추락하는 미약한 존재도 인연의 끈에 묶인

공동 운명체임을 기억해야 할 것이다.

　오늘은 점을 찍었다
　왜 그랬냐고 묻는다면
　고민할 필요가 없어 점을 찍었다
　찍고 보니
　덩그러니 남은 하루가 백지로 남겨졌다
　오늘은 무(無)다

　-「오늘은 무(無)다」 전문

　어느 날 시인은 눈을 감고, 의식을 정지한 채, 명상에 잠긴다. 점을 찍은 사유는 은둔되었다. "고민할 필요가 없어 점을 찍었다" 진술한다. 독일의 실존철학자 야스퍼스(Jaspers, 1893~1969)는 고뇌는 인간을 존재케 하는 근원이라 말했다. 인간의 생은 고뇌로 일관한다. 삶 곁에 고뇌가 고뇌 옆에 죽음이 동행하는 슬픈 존재이다. 오종순의 시「오늘은 무(無)다」는 고뇌와 환희라는 이중 지점에서 쓰였다. 전날 밤, 법당에서 천근고뇌를 내려놓고, 번뇌를 씻는 황홀한 체험을 한 후인지도 모른다. 의식적으로 체감한 순간의 무는 영원의 무로 지속되지 않겠지만, 이 시를 쓴 시적 의도는 유추할 수 있다. 휴식 없는 현대인의 삶이 팍팍하여 고통스런 때문이다. 무(無)의 본질적 의미는 무엇일까? 시인은 이날 온종일 대화를 나눈 지도 모른다. 대화의 상대는 내면에 은둔한 진짜 자기이다. 육적자기와 영적 자기의 만남은 무의 공간에서 조우한다. "덩그러니 남은 하루가 백지로 남겨졌다"는 표현은 아무 일 안 했다는 의미보단, 내적정화, 자기 성찰에 집중했다는 뜻이다. 행간에 노출된 언어표현의 이면이다.

사람들은 고통을 내려놓는 법을 모른다
삶의 일부라 생각하고 당연히 지고 간다
이것이 인간의 한계다
그냥 내 것이 아니라고 버리면 그만이다

-「고행」 전문

속세를 떠난 출가자 신분은 아니지만, 시인이 발산하는 향기는 진흙 속 '연꽃'이다. 연꽃 향기는 없다고들 말하지만, 그 향기 진동하는 삶을 영위하는 사람들은 무색, 무취의 향기에 취해서 해탈의 기쁨을 노래한다. 인연의 끈에 묶이고, 탐욕의 끈에 묶여서 고뇌하는 독자를 향한 시적 메시지는 새로운 길, 불빛 선명한 출구를 열어 놓는다. 이 시는 삶의 고통에 대한 해결책을 제시한다. "내려놓고, 버리라"는 깨우침이다. 이 시가 쓰인 지점은 '고뇌와 탐욕'에서 순간적이나마 탈피했을 때이다. 현세에서 영원히 고뇌를 탈피한 인생은 없다. 쾌락적 탐욕에 미혹되지 않는 견고한 존재도 없다. 고로 불교는 백팔번뇌(百八煩惱)를 말한다. 시인은 이 시를 매개로 독자에게 말을 건다. 힘들고 괴로울 땐, 무거운 배낭 벗어던지듯, 실천하라는 메시지이다. 해답은 명확한데, 실행이 어렵다. 시공간에서 메시지는 간단명료하다. 진정한 '내 것'은 없다는 깨우침이다. 이 시의 효과는 넓고 깊다. 일반 불자의 직관이지만, 정답이다. 번뇌와 고행의 문제, 버리고 내려놓기만 하면, 해결이다.

3. 삶의 목적 -깨우침의 공유

인간은 위대하다느니 뭐니 하면서 떠들어도
삶의 깊은 뜻을 모른다
종이 한 장으로 여기고 겁 없이 덤비고
마음대로 쥐락펴락해도 되는 게 없다
만약 삶이 우리를 속이지 않는다면
세상이란 당초에 없다
밋밋한 세상에서 하는 일 없이 스스로 자폭할 것이다
속더라도 이미 속임수임을 알기에 인간의 위대함을 안다

-「삶의 속임수」 전문

「삶의 속임수」에 내포된 메시지는 인간의 한계와 운명에 대하여 진술한다. 속임 탓에 스스로 자폭한다는 인식의 근원은 불교의 오음성고(伍陰盛苦)이다. 오음성고는 인간의 심성을 형성하는 다섯 가지 요소로 오음, 또는 오온이라고도 한다. 오온을 나열하면 색(色), 수(受), 상(想), 행(行), 식(識)이다. 인간의 생은 고뇌의 연속으로 자기 그림자처럼 착 달라붙어 동행한다. "삶의 깊은 뜻"을 모르면 되는 것이 없다는 시적 단정은 진리에 가깝다. 고로 오종순의 언어는 형이상학이다. 난제를 해결할 핵심비법의 공유나 전수에 목적이 있다. "속더라도 속임수를 알자"는 표현은 호기심을 유발한다. 적의 속임수를 아는 것과 모르는 것의 대처는 편차가 크다. 시인은 속아도 알고 속자고 깨우친다. 생의 시간을 알고, 세상을 알고, 자신을 알고, 진리를 안다는 것, 그것만큼 중요한 사유는 없을 것이다.

시간이 날 때마다 여행을 떠난다
당일이고 즉흥적일 때가 많아서 그냥 떠난다
여행은 살맛이 난다
묵은 때를 벗겨내는 사우나 같은 것이다
숨을 쉬게 하는 산소 같은 것이다
인간에게 진리 같은 것이다

사계절을 아우르는 인생의 참맛 같은 것이다
짬을 내어 산과 들, 바다를 가보자
삶의 무한한 활력소를 주는 순간들은
많은 시간이 필요치 않다
짧은 여행도 소소한 행복을 준다

-「여행」 전문

　오종순은 이 시에서 여행의 의미를 강조한다. 그가 사용하는 언어는 특이하다. 행간에서 발산되는 시적 여운은 더 많은 의미를 함의하게 한다. ① 묵은 때를 벗겨내는 사우나 ② 숨을 쉬게 하는 산소 ③ 인간에게 진리 같은 것 등의 표현이다. 당일 여행을 통해서 이런 체험을 할 수 있다면, 장소 불문, 즐거움과 행복이 깃들 것이다. 여행은 보고 느끼는 행위이다. 의미를 추적하는 각별한 시선은 언어형상화에 중요하다. 문제는 무엇을, 어떻게 인식하며 보는가이다. 산과 들에서 체감한 정서는 자기 신앙과 접목된다. 시의 위의(威儀)를 의식하면서 크고 작은 깨우침을 형상화한 것이 오종순의 시학이다. 그는 두 가지 일을 즐긴다. 시간 날 때마다 여행을 떠나고, 여백 공간에 머물며 시를 천착하는 일이다. 여행 중에서 즐겨 찾는 장소는 절집이며, 부처의 품임은 분명하다.

참 무겁고 어둡다
가끔은 빛이 들게 해보지만
깊이를 헤아릴 수 없어
빛도 침묵으로 답한다

-「시간」전문

　시란 언어와 침묵의 결합이다. 전연 4행에 불과한 짧
은 서정시지만, 진리적 메시지를 담겠다는 시적 욕망이
감지된다. 이 시의 묘미는 "빛도 침묵으로 답한다"는 결
론에 있다. 삶과 시간은 하나이다. 절대 분리되지 않는
다. 이 특이한 연결은 운명이다. 인간의 힘으로 어찌해
볼 수 없는 영역이다. 오종순은 시간의 산책자로 시간에
대하여 고뇌하면서 "참 무겁고 어둡다"라고 독백한다.
"무겁고, 어둡다"의 의미는 언제 어느 때, 수용해야 할지
모르는 죽음 때문이다. 2행에서 "가끔은 빛이 들게 해
보았다"는 진술은 특이하다. 흐르는 시간에 빛이 들게
한다는 의미는 무엇일까? 시간을 선용하는 행위일 수도
있고, 자아성찰이 지속되는 청결한 삶일 수도 있다. 그
러나 시간에 관한 문제는 모든 인간에게 부여된 공통된
난제이다. 이 시에서 화자는 시간을 의식한다. 자신에게
남아 있는 시간의 잔고를 유추하며, 시를 천착한다. 천
착한 시를 매개로 인간을 사랑하고 싶은 것이 궁극적

소망이다. "빛도 침묵으로 답한다"는 비의(秘義)해석은 독자의 몫으로 남겨 둔다. 평자의 해독보단 시를 읽는 독자가 사유하여 답을 얻는 것이 더 좋을 것 같다. 존재론적 성찰과 시간에 대하여 고뇌하자는 시인의 목소리는 나태한 삶을 환기시킨다. 흘러가는 시간의 정체는 진정 무엇인가? 삶인가. 죽음인가. 오종순은 그 실체를 인식하고 있기에 "무겁고 어둡다" 고백한다. 고요한 미소 속에 눈물이 글썽인다.

4. 육체 치료에서 영적 치료자로의 전환

나는 간호대학을 졸업하고
20대 중반(1985년)부터 60세 정년까지
산간 농촌 오지에서 보냈다
난시청 지역으로 그 흔한 문화생활조차
용납되지 않았던 시절도 있었다
순박한 사람들이 사는 곳
의료의 불모지에서 기꺼이
육체적, 정신적, 치료자가 되고자 하였다

인간은 태어날 때부터 각자 소임을 갖는다
나의 철학은 주어진 소임을 다하는 것
앞만 보고 달려온 십수 년

뒤돌아보니 까마득하기만 한데
퇴직하고서야 앞으로 나아갈 뿐
삶의 고지는 정상이 없음을 알았다

소박한 삶 속에서 정년이란 이름으로 청춘을 다 썼지만,
결국 삶이 멈추어야 생의 영수증을 받는다는 것도 알았다
그래도 나의 젊은 생은 잘살았다 자부하며
여생은 소중한 나날을 껴안아야겠다

—「정년퇴직」 부분

시인 오종순의 삶은 문단에 데뷔한 2008년을 기점으로 새로운 업무영역에 진입한다. 일평생 문경지역 보건 소장으로 살았지만, 육체질병의 치유공간에서 심적, 영적 치유자로 전환된다. 직장생활, 정년이 다가올수록 갈 비뼈를 압박하는 통증을 느낀 탓이다. 화자의 삶은 시골 농촌, 오지 마을에 고착된다. 순박한 사람들이 사는 곳, 그곳에서 불평, 불만 없는 생을 불태웠다. 한 생에서 정년퇴직이 존재하는가. 묻는다면 시인은 당연 아니라고 답할 것이다. 정부에서 수여한 훈장 하나로 보상받기엔 그의 희생은 아름답고 숭고하다. 과거 간호대학의 진학 결정은 자아 생을 투영한 의미 깊은 선택이었다. 후회 없는 선택엔 신앙적 소명감도 일부분 녹아 있음을 유추할 수 있다.

시골 집집이 낡은 유모차 한 대씩 있다
아기차가 아닌 어르신들의 차다
언제부턴가 자식들이 구해 준
낡은 유모차가 들어오면서 노인들은 몸을 맡겼다
평생 흙을 파며 살아온 이들에게
도시 사람들보다 지병이 더 많다
육체는 낡아 뼈 마디마디 구멍이 뚫려 바람이 나온다면서
물리치료며 약이라 하여 이 병원 저 병원 다녀보지만,
유모차보다 못하다
경로당 갈 때도, 마실 갈 때도
어디든 동행하는 낡은 유모차의 위력은 자동차만큼
이나 크다
거친 손에서 삶의 고랑을 헤듯
아픈 다리를 끌며 세월의 무게를 느낀다
농촌에서 남은 생을 유모차에 지탱하고
봄을 기다리듯 회복을 기다린다

-「낡은 유모차」 전문

낡은 유모차를 바라보는 건 일상이다. 등 굽은 행진
대열에서 혹 이탈자가 생기면 그의 심정은 갈가리 찢
어진다. 생전의 모습 그리워하며, 먼 길 떠난 영혼을 위

해 합장한다. 낡은 유모차는 한 생의 상징이다. 죽음을 향해가는 쓸쓸한 행진이다. 그의 손길은 한 봉지의 약과 함께 사랑을 전한다. 보건진료소 소장의 지엄한 책무이다. 낡은 유모차를 어루만지며, 굴러가는 바퀴소리에서 죽음을 사유한다. 낡은 유모차 행렬에서 흘러가는 세월과 시간의 본질을 추적하던 책무도 중단되었다. 육체치료에서 심적, 영적 치료자로 변신한 지점이다. 정든 직장, 사랑스런 얼굴들 곁을 떠나는 일이 과연 슬픈 것일까. 죽음 없는 정년퇴직은 존재하는가. 의문이 든다. 시인은 통증을 잠재우는 약 대신 치유 언어로 인간에게 다가선다. 〈경상북도 문경〉이란 지역적 경계도 초월한다. 우주적 인간을 대상으로 영적 치유에 나선 시인의 책무가 더 무겁게 느껴진다. 시인은 선택받은 운명적 존재이다. 천형을 짊어진 언어의 구도자이며 연금술사이다. 산사의 스님이 긴 시간 정진하여 화두를 취하듯, 오종순의 시적 메시지는 고뇌와 깨우침으로 채굴된다. 언어 속에 감춘 파토스는 영적 치료자의 매력적 무기가 될 수 있을 것이다.

5. 마무리

세상에는 개떡 같은 인생이 많다
아무리 발버둥 쳐도
되는 게 없는 인생이 개떡이다
앙금 없는 천한 떡이라고
생이 쥐락펴락하니 속수무책이다
인생이란
스스로 관리하고 갈고닦아야
개떡이 아닌 찰떡이 된다

-「개떡 같은 인생」 전문

「개떡 같은 인생」은 인간을 대별한 짧고 강한 이미지
이다. 찰떡과 개떡, 여기에 포함되지 않는 존재는 단 한
명도 없다. 세상을 관조하면 찰떡은 찰떡끼리 붙고, 개
떡은 개떡끼리 위로하며 산다. 시인은 '개떡 인생'에게
연민을 느낀다. 사랑과 격려의 손을 내밀어서 벌떡 일으
켜 세운다. 언어 결은 투박하지만, 시의 메시지엔 뜨거운
사랑이 녹아 있고, 구도자적 기도가 관류한다. 약한 자,
병든 자, 고독한 자에게 관심을 쏟는 것은 하늘이 주신
천성이며 운명이다. 이 시엔 발버둥 쳐서, 개떡이 찰떡
되지 않아도 괜찮다는 위로의 목소리도 내포되었다. 찰

떡은 찰떡의 맛, 개떡은 개떡의 구수한 맛이 유지, 보존
되기 때문이다. 메시지의 핵심은 희망을 잃지 않는 몸짓,
미래 지향적 눈빛, 그것임을 시인은 깨우친다. 시에 관류
하는 여운이 지속 확장되는 이유이기도 한다.

　암흑의 안내자
　서 있어 밝음을 주고
　고독에서 빛난다
　늘 그 자리에 서서
　길손의 눈이 되어 제 할 일을 다 하지만
　사람들은 의미 없이 지나쳐 버리고
　존재의 가치를 잃어버린다
　순간의 빛이 빛날 때
　가로등이란 비로소 가로등이 된다
　인연의 길이 된다

　-「가로등」 전문

　퇴직 전이나 퇴직 후나 오종순은 가로등 불빛이 되기
를 소원한다. 칠흑 어둠 속, 불빛이 되어 줄 수 있다면,
그는 행복에 젖는다. 인간은 분주한 일상 속에서 자신
만을 위하지만, 가로등 불빛처럼 희망을 주고 싶은 존
재가 여기 있다. 인연의 길 위에서 자기 헌신과 희생을

인정하지 않아도 괜찮다, 진술한다. 시「가로등」은 종교적 사유가 내포된 작품이다. 가로등 밑을 지나는 인간들이 스쳐 가는 나그네의 총합이듯, 우리의 삶 역시 동일하다. 하룻밤 이슬에 젖었다가 모든 소유를 내려놓고 가는 삶에서 가로등 역할만큼 복된 소명도 없을 것이다. 시를 짓는 오종순의 퇴직은 확정된 듯 보이지만, 실상은 유보되었다. 그의 업무는 화학적 약품에서 진리적 메시지가 녹아 있는 언어로 치환된 것일 뿐, 일상이 달라진 것은 아무것도 없어 기대가 된다.

「시간은 그냥 흐른다」, 「삶의 무게」, 「일상이 비에 젖다」, 「벤치」, 「시계의 힘」, 「백지」, 「참선」, 「무료한 일상의 멍때림」, 「인생길」, 「몸이 굽으니 그림자도 굽는다」, 「고향의 뜰」, 「불사조」 등은 진리적 깨우침을 던져준다. 인연 닿는 독자의 정독을 권한다.

삶은 강렬한 땡볕이면 더 좋다

오종순 시집

발행처   도서출판 청어

발행인   이영철

영업   이동호

홍보   천성래

기획   남기환

편집   방세화

디자인   이수빈 | 김영은

제작이사 공병한

인쇄   두리터

등록   1999년 5월 3일

         (제321-3210000251001999000063호)

1판 1쇄 발행 2023년 10월 10일

주소   서울특별시 서초구 남부순환로 364길 8-15 동일빌딩 2층

대표전화 02-586-0477

팩시밀리 0303-0942-0478

홈페이지 www.chungeobook.com

E-mail   ppi20@hanmail.net

ISBN   979-11-6855-190-9 (03810)

본 시집의 구성 및 맞춤법, 띄어쓰기는 작가의 의도에 따랐습니다.